우리는 어쩌다 어딘가에서 마주치더라도

백애송

시인의 말

꽃을 보러 갔다가
앞사람의 발자국만 보고 왔다

뜨거운 기운이
바닥에서부터 올라왔다

꽃을 보러 갔다가
꽃송이는 없고

떨어진 나만 보고 왔다

2021년 1월
백애송

우리는 어쩌다 어딘가에서 마주치더라도

차례

1부 새들이 머무르다 종종 날개를 잃어버리는

쟁반	11
샤브티	12
눈길이 먼저 닿고 말았다	14
나무와 구름	16
더 이상 운세를 보지 않기로 하였다	18
어떤 페이지	20
별책부록	22
역주행	24
닿지 못하는 거리	26
마음의 구석	28
돌탑	29
미니멀리즘	30
돌의 기운을 누르고	31

2부 슬픔을 불러야 한다면

뒷모습   35

시간   36

눈물의 이동경로   38

잎샘   40

부분집합   42

통역관이 필요합니다   43

틈   44

입맞춤   46

유리날개   48

소리들은 자라났다 사라지길 반복했지   50

신호의 영역   52

그런 날이 있었지   54

그림자   56

3부 나는 당신을 모르고 당신은 나를 모르고

점성술사   61

발이 시린 계절   62

그럼에도 불구하고   64

아름다울 수 있을까요   66

불혹의 문장   68

카오스   70

부고가 날아오는 계절   72

겨울잠에서 깨어날 때   74

노멀크러시   76

해파리꽃   78

선인장   79

레드썬   80

4부 다정한 슬픔이 온 날

나비   85

봄바람   86

시간을 건너오는 방법   88

뿌리의 시간   90

연쇄적 사건   92

다정한 슬픔   94

장아찌 담그기   96

상상하지 못한 일들이 일어나듯   98

바이러스   100

계절의 끝   102

아무 말도 하지 못했다   104

수리수리 코끼리   106

예고편   108

해설

오늘의 체념, 내일의 약속   110
　—장은영(문학평론가)

1부

새들이 머무르다

종종 날개를 잃어버리는

쟁반

바닥에 놓인 하루는 무슨 맛일까

커다란 목련꽃 한 송이 투박하게 떨어지는 소리 약점
을 안녕이라고 부르는 소리 그리고 희망고문 한 주전자
를 올려놓는다

눈이 다한 자리에는 마음이 남을 거라 믿었다 보이는
것만 접는다는 어설픈 설법이 올라와 있을 것이니

자발성 없는 이해와 소통이 컵 속에 있는 순간
아직 봄은 오지 않았고
초록이 되기에는
많은 날들이 녹아야 한다는 것을 깨달았다

소비를 위해 일상으로 돌아온
미니어처들

지구 위에 엎질러진 하루

샤브티*

장례 행렬이 지나간 자리
소리 내어 우는 여인들
시간은 미라로 남아 있다

이곳은 뜨거운 사막

대답하는 자와 함께
죽은 사람을 묻고
주문을 외운다

조금씩, 아주 조금씩
죽은 사람의 물기를 빼앗아 가는
사막의 모래

함께 나눈 이야기가 마음을 훔쳐 가고
승리할 수 있다는 믿음을 훔쳐 가고

놀랍지도

놀라울 것도 없는 날들

계급이 지나간 자리에
또 다른 계급이 남았다

죽은 사람은 말이 없고
죽은 사람의 입은 투명하지 못하다

* 사후의 파라오를 섬기는 하인 역할을 하는 374개의 작은 인형

눈길이 먼저 닿고 말았다

모른 척하고 싶었다

눈앞에 점, 점
선명하게 다가왔지만

고백하고 싶지 않은 기억이
바닥에 눌려
온몸을 휘감았다

들숨과 날숨은
속도가 비슷해서
늘 어긋난다

선을 넘거나
선 안과 밖을 맴도는 일이
이생의 일일까

때 지난 결정이

차가운 바닥 위에 웅크리고 있다

나는 너의 로드킬인가
당신이 나의 로드킬인가

나무와 구름

넣을까 말까 생각하다
얼굴을 생략한다

하루의 스캔은 눈으로

구름을 읽다가
나무를 읽다가
어디쯤 걸려 있을
우리들의 이력을 읽는다

구름과 나무와
당신의 속내를 들여다볼 재간이 없다

열심히 사는 사람들의 이야기를
노을과 눈물의 생략을 깨닫지 못한다

오후 두 시와
새벽 두 시의

반짝이는 이야기 사이에서
나의 얼굴을 출금한다

그 얼굴은 어디쯤에서 혼자 뒹굴고 있을까

얼굴을 위한 법칙은 어둠에서 시작되고

나무와 구름의 관계는 당신의 문장에 없다

더 이상 운세를 보지 않기로 하였다

달력 틈새에 끼여 있던 날

많은 날과 날들에서는
짠맛이 났다

눈을 뜨면 운세를
검색하는 것으로
시작되는 하루

오늘 해야 하는 것보다
오늘 하지 말아야 하는 것에
더 집중하던 날

피해야 하는 것을
하지 않았음에도 불구하고
예상은 늘 어긋났고

누군가는 내 말에

정중한 매듭을 지어 버렸다

사용하지 않은 삶의 근육들은
의도와 상관없이 방관되었다

오늘은 무사히
벽에 박힌 하루를 빼낼 수 있을까

어떤 페이지

망고, 가 사망으로 읽힌 날의
책이 있었다
행간의 낱말들이 와르르 쏟아졌다

속없는 나무와
철없는 국화가
틈을 모르고
함부로 들떠 있을 때

기대와 대기의 차이를 묻는다

어떤 페이지에서
마음, 이라고 읽으려다
그 사람이 왔다고 착각했다

견딘다는 것은
체념과 또 다른 체념을
몸에 익히는 것

기대와 체념을 반복하는 것

혼자 중얼거리며 위로했다

별책부록

중요한 순간은 미끄러져 지나간다

황급히 계단을 내려오다
발을 헛디뎠다

손등에 남은 상처는
아직 아물지 않았는데

그곳은 허방이었다

무언가가 있을 것이란 기대는
서로의 시간을 찾아가는 과정 속에서
뜸만 들이다 사그라졌다

나만 모르는 일들이
수많은 차 앞을
가로질러 갔다

상처가 쉽게 아물지 않는
날들이 많아진다

열정이 없어도 이루어지는

별책부록 속 세상

역주행

내가 잃어버린 길은
나를 비껴간 곳곳으로 흘러갔다

구피와의 시선 교환은
딱 1초면 적당하다

1초 동안의 거리만큼
가까워지지도
멀어지지도 못한 사이

관상용 어항 앞에서
잃어버린 길을 그려 본다

가장 멀리 떨어진 길은
처음부터 없었다는 듯

구피는 꼬리지느러미로
쉼 없이 앞을 향해 나아간다

나인 듯 아닌 듯
나만 없는 채로

이곳은
증명할 수 없는 것들로 넘쳐나는
거대한 물속

닿지 못하는 거리

깃털이 솟구치는 건
가벼워서가 아니다

닿을 자리 찾지 못해서였다

서로에게 상대적인 오차범위
실제와 실재는 달랐으므로 좁혀지지 않았다

안착할 수 없는 자리는 더 많아지고
원리를 이해하는 건
단순한 암기와 또 다른 문제

오늘은 어제와 같았고
시간은 먼 거리만큼 가볍게 날렸다

닿을락 말락
닿지 않은 저만큼의 사이를 두고
나는 뒷모습으로 걸었다

제 무게를 모르는
낯선 거리
낯선 시간들

닿지 못하는 두려움이
한없이 바닥으로 파고드는

딱 그만큼의 거리

마음의 구석

　책장 사이사이 묵은 먼지 가르쳐 준 적 없는데 무리
지어 다니는 실오리 싱크대 선반 위 쓰지 않고 모아 놓
은 색색 그릇 신발의 하중을 견디고 있는 현관 타일 틈
냉장고 칸칸 가려져 손이 닿지 않는 자리

　매일 쓰는 키보드 틈새 베란다 창틀 뽑아 올리면 감
자처럼 줄줄이 딸려 나오는 개미집 새들이 머무르다 종
종 날개를 잃어버리는 나뭇가지 끝자락 아무도 없는 거
리 들려오는 음악 소리 방구석 모퉁이 삐뚤어진 질투가
낳은 또 다른 이야기

　슬플 때만 슬프고 잊어버리는

　목성에 걸어 두고 온

　마음 한구석

돌탑

밑그림이 그려지지 않는 하루를 놓아주고 돌아오는 길, 지나온 돌탑 위에 백 원짜리 소원 하나를 쌓아 두고 온다

돌탑에 돌을 올리다 누군가 쌓아 놓은 탑을 무너뜨리는 것처럼 불안해지는 순간이 있다

미니멀리즘

목록을 작성한다 버려야 할 것들은 어제의 마음가
짐과 오늘의 마음가짐이 다르다 한 잎이었다가 두 잎
이 된다

다시 오는 봄엔 손잡고 모래 위를 걷자고 했던 일 서
류봉투의 뒷면부터 쓰기로 했던 일 끝에서부터 치약
을 짜기로 했던 일 신발에 발을 함부로 욱여넣지 않기
로 했던 일

지키지 못했던 약속과 빗나간 단어들 절반도 채우
지 못한 유리병 자존심 한 톨과 고집 한 스푼은 여전
히 대치 중이다 목록을 내려놓는다

베란다에 내어둔 화분 꽃송이 툭, 꺾이는 소리 가로
수길 위 켜켜이 내려앉은 시간의 흔적들 한 우주도 거
기, 그렇게 내려놓고 간다

돌의 기운을 누르고

흙의 기운을 눌러
단단히 박힌 뿌리를 흔들 수 있을까

꼭꼭 씹어 삼킨 단어들이 역류한다

우리는 세상에 왔다 간 비정규직

덜 자란 시간이
주저앉은 마음을 다독일 수 있을까

취한 도로에는
사연 없는 사람이 없다

사연들이 꼬리에 꼬리를 물고
해 질 녘 실그림자로 이어진다

상처 주지 말아요
상처 받지 말아요

버려진 반지는 수신인이 없고

오해를 이해로 바꾸기에는
이미 많은 시간이 흐른 뒤이다

주인 없는 반지가 굴러가는 밤

돌의 기운과 뿌리의 기운들이 모여
세상의 단어들을 꾹꾹 눌러 밟는다

변경된 계획은 여전히 미완성이고

2부

슬픔을 불러야 한다면

뒷모습

햇살을 등지고 앉아
왼편으로만 겉돌았다

멜로디가 아리아를 만든다고 속삭였지만
소용없는 말이었다

자갈 위로 바퀴가 굴렀다 울퉁불퉁
꺼지지 않는 소리가 났다

매듭을 짓는 게 서툴렀다
손가락이 가늘지 못했으므로

집어넣을 것이 없는 주머니에서
향기가 나지 않았다

말을 걸고 싶었지만
우두커니가 되기로 했다

시간

눈 쌓인 거리

개가 찍고 간 발자국
마주 잡았던 손자국

눈송이인지 꽃송이인지
알 수 없는 것들이
흘러넘치는 날이다

처음은 음표
마지막은 숫자

까만 밤, 별들이 놀다 간다

까치발로 걸었던 곳에
남겨진 신발과
서로 알아듣지 못했던 말들

여린 전류가 흐르는
손가락 끝

엄지손톱을 먼저 깎는지
새끼손톱을 먼저 깎는지

괜찮다는 주문을 외우지 못해
호리병 안에 갇힌
시간을 꺼내 주지 못했다

눈물의 이동경로

단어들의 이야기에 귀를 기울이면
눈물을 닦을 수 있을까

부엌에서 사과나무는 자라나고
흑점은 날마다 달라지고 있다

극한의 상황에 처하면
우리는 까다로울 수 없다

까탈은 끝을 보지 못한 사람만이
누리는 특권

눈물을 흘려도 하루가 지나가고
눈물을 흘리지 않아도 하루는 지나간다

가끔 어느 것이
더 괜찮은 것인지 모호할 때가 있지만

어느 것이 더 잘 사는 것인지
확신이 서지 않을 때가 있지만

그래도
그럼에도 불구하고
하루는 가는 것

눈물에는 악착같은 이동경로가 있을까

잎샘

노른자를 터트리지 않고
달걀프라이를 한 날처럼
통통 설레는 날

너를 만나러 갔지

공기를 가르는 단정한 물소리
소소하게 흘러가는 바람
하늘을 나는 노랑, 새

마음을 주지 않았지
반만 열려 있었지

너무 빨리 찾은 죄
다글다글 새싹들
아직 땅 밑에 숨어 있었지

빛의 메아리

초록 언저리만 맴돌았지

똑똑 떨어져 날리는
봄, 맞이

부분집합

부분집합이 사라지던 날
더 이상 말을 걸 수 없었다

같은 공간 안에서
모서리에 걸쳐진 시간까지도
함께 나누었다

함박눈이 내렸지만
차갑지 않은 날들이었다
하얗게 입김이 서렸지만 따뜻했다

책 한 귀퉁이 빼곡하게
채워 넣은 글자처럼
어깨에 부딪히고 다리에 부딪혔다

갈 곳이 있었지만
잠시 잊어버리기로 했다
서로를 침묵하기로 했다

통역관이 필요합니다

눈꺼풀이 무거워지는 간절한 밤, 우리에게는 통역관이 필요합니다 쎄라비와 샐러드의 사이를 가늠하다 우울에 빠졌습니다 심심한 집이 싱싱한 집으로 불리는 순간 입안에서 초록이 싹트기 시작했습니다

심심함 그리고 싱싱함, 그레이와 초록 사이에 징검돌을 놓았습니다 그레이는 점점 검은색에 가까워지고 초록은 날개를 달았습니다

날개의 행방은 찾지 않기로 했습니다 오후가 가진 마음의 표정은 읽을 수가 없습니다 대신 깊고 큰 눈 속에 질문을 가득 날렸습니다 여기까지 오는 데도 한참이 걸렸습니다

하지만 내 생각보다 훨씬 빠른 것이 있습니다 바닷물이 들어오는 속도입니다 바닷물의 말은 조절할 수 없습니다 나는 그들이 바다 위에 뿌려 놓은 거품 같은 언어를 따라갈 수 없습니다

틈

붉은 모래 위 발자국을 찍었다

파도가 지나간 자리
발자국은 사라지고

우리는 모른 척
서로 마주 보았다
가끔 나는 피사체가 되었다

발가락 끝에 걸린
신발 속 모래 알갱이

간질거리는
마음의 어느 모서리

물 위에 떠다녔다
붉은 물 위에

적당한 줄다리기는 그만두기로 했다
풍선이 점점 작아지고 있었기 때문에

슬픔을 불러야 한다면
침묵의 틈새를 찾기로 했다

틈과 틈 속에서 소리를 내 보기로 했다

입맞춤

누군가의 삶을
망가트릴 뻔하였다

작정한 것은 아니었으나
의도한 것도 아니었으나

그럴 뻔하였다

잠깐 다른 세상을 살폈고
다시 돌아왔을 때

입을 맞추기에는
아슬아슬 부족하였다

가까워지지도
멀어지지도 못한 거리

손바닥 한 뼘만큼의 간격

자동차와 자동차 사이

입을 맞추기 직전

우리는 급브레이크를 놓치지 않았다

유리날개

보랏빛 꽃밭 속
나비를 따라가다 길을 잃었다

물이 깔린 진흙길을
나 혼자 걸었다

심장이 없는 나비는
뒤로 날지 못하고

나는 질펀하게 발목을 내놓았다
길만 있는 길 위에서

오래가지 못했다
앞이 훤히 내다보였으므로

그것은 투명함 그 자체
들여다보는 것이었다

중심을 잡지 못하고
검은 바람으로 흘러갔다

소리들은 자라났다 사라지길 반복했지

톡톡 빗방울 날리는 날
음표들은
자라났다 사라지길 반복했지

반박을 반복할 수 없었지

소리들이여 떨어지라
수직하강하라

처마 끝, 빗방울

나뭇잎 한 장
고개 숙였지

열쇠를 돌리자 물결이 흔들렸지

그림자는 지나가고
별똥별은 떨어졌지

갈잎 떨어진 자리
간질간질 새순이 찾아왔지

거침없는 수렁 속
수직하강 대신 둥글게 흩어졌지

신호의 영역

바닥에 닿는 면적이 점점 좁아졌다

신호체계를 무시했다
지킨다는 건
지키지 못한다는 것과
같은 말이므로

발뒤꿈치를 들고 크기를 가늠했다
닿을락 말락 흔들렸다

위태로운 영역을 지키는 것은
깊은 산속 빼곡한 나무를
헤아리는 것만큼 어려웠다

신호는 전복되었고 나는
날마다 누군가 당겨 주길 기다렸다
언제든 튕겨져 나갈 태세를 갖춘 채

뒤집힌 글자들은
난해한 글자들과
손을 잡았다

같은 듯 다른 모습으로

하지 말았어야 할 이야기는
에너지가 발휘되지 못했다

깜박이는 빨강 앞에서
더 빨강을 기다렸다

그런 날이 있었지

넘어진 날이 있었지
돌부리에 걸려서

돌은 그냥 가만히 있었지
혼자 걸린 거지

나에게 차인 돌은 억울했겠지
말할 수 없어 더 억울했겠지

밤새 똑, 똑
흘려 놓은 물처럼
시간이 흘러갔지

모자라지도 넘치지도 않았지
자고 일어나면 찰방찰방했지

호락호락하지도 너그럽지도 않았지

지렁이처럼 피부로 숨 쉬려 했으나
잘 되지 않았지

가을이 찾아오고 봄은 일찍 가 버렸지
등뼈가 쏟아질 것만 같았지

그림자

나무 우듬지가 흔들린다

창문으로 흔들리는 것들을 되뇐다

우듬지는 시작이었을까 끝이었을까

흔들리는 창밖

개미가 지어 놓은

세상에 없는 집에서

피어나는 그림자

바람이 나풀거리고

은행잎은 날린다

그 아래 입을 벌리고 서 본다

노랑은 무슨 맛일까

계절의 손목에 밑줄을 긋는다

3부

나는 당신을 모르고

당신은 나를 모르고

점성술사

그 길을 지나왔지만 지나온 길에 흔적을 남길 수 없었다 귓가에 쏟아지는 별들의 멜로디는 가지런하지 못하다

가까이 있으나 도착해야 할 지점은 멀다 넘어온 고비도 넘어야 할 고비도 모두 내 안의 이야기

옆으로 보는 사람은 무슨 생각을 하는지 무엇을 적고 있는지 정면으로 바라보는 세상과는 다름의 다른 이름이다

무표정이 최선이라는 믿음은 서로의 흐름을 읽어내지 못한다 허기진 생각만 자라난다 나를 발견할 수 없는 사각지대에서

여전히 나는 오늘 당신 이야기의 다름이다

발이 시린 계절

말을 거는 명함 앞에 선다

자판기에서 커피를 뽑고 게시판 앞에 우두커니, 지나
가는 버스에 손을 흔들고 어젯밤 지나친 나무의 손을
잡는다
흘러가지 않는 구름 아래를 서성인다

음소거 된 TV 앞
엿보는 그들의 세상은 은밀하고
패륜인지 불륜인지
알 수 없는 거리두기에는
슬픔이 빠져 있다

나의 이름인지도 모를 글자 앞에서
덧셈과 뺄셈을 한다
농담과 진담의 수위에 대해

아무에게도 대답하지 않았다

말을 거는 사람들

발이 시린 계절은
누구에게나 왔지만
누구나 허락하지 않았다

그럼에도 불구하고

식어 가는 우리의 노래가
자리를 찾아가는 것은

흘러가는 순간이 있기 때문이다

자리를 알 수 없는 것들은
무게를 견디지 못해 흘러간다

무언가를 끊임없이 쓰다
잠에서 깬 날처럼

무지개를 건너 돌다리를 건너
오솔길을 걸어간다

오래 살라는 이름과
접시 위에 놓인 사과
벽에 남겨진 못 자국

달걀이 익는 시간과
물감이 마르는 속도

사이에는
번져 가는 시간이 얼룩져 있다

나는 오늘도 같은 자리에 앉는다

아름다울 수 있을까요

어쩌다 어딘가에서 마주치더라도
우리는 서로 모르는 사이

이 긴장은 참 쓸쓸해요

미리 준비했던 표현은 오늘도 하지 못했어요
했어야 했던 말 피했어야 했던 말

돌아서면 생각이 나요
내가 한 이야기가 옳은지
기억에 없어요

서로의 등을 하염없이 바라봐요
뒷모습으로 인사를 대신하며 속삭여요

다음에는 더 아름다운 곳에서
오늘처럼 예고 없이 만나자고요

우리는 어디까지
아름다울 수 있을까요

불혹의 문장

손톱으로 저며지지 않는
노란 결을 따라 칼날을 꽂는다

점점 커지는 시간으로부터 멀어진 너는
보이지 않는 단단한 결을 세우고 있다

세상 한 귀퉁이를 마저 도려내며
거꾸로 흐르는 바삭한 하루에 대해 생각한다

적막을 홀짝이는 메마른 겨를에 대해 생각한다

타인의 삶에 끼어
숨 쉬는 법을 잊어버린 마른 날들
검붉게 떨어진다

바닥으로 곤두박질치는 순간들

뜻이 통하지 않는

알 수 없는 단어들이
고딕체로 지나간다

실타래처럼 엉켜 있는 불혹의 문장이
허공에 발을 뻗는다
낮은 음계를 향해 떨어진다

무뎌지는 칼날의 속도에 맞추어
뿌옇게 흐려지는 숨결을 저며낸다

카오스

암흑이 되었지
개 짖는 소리만 정적을 깨뜨렸지

하나둘 사람들은
거리를 배회하기 시작했지
텅 빈 복도가 북적거렸지

TV도 인터넷도
모두 우주로 날아가 버렸지
나도 당신도

장난감과 무기를 잃어버리고
무중력자가 되어 갔지

더 녹기 전에
아이스크림을 먹어야 할까
잠깐 고민도 해 보았지

주차장은 사람들로 붐볐고
일면식도 없는 앞 동 사람과
깜박깜박 수신호를 주고받았지

거북이 목으로 내려다보았지

불이 들어왔지만
우리의 대화는 다시 단절되었지

나는 당신을 모르고
당신은 나를 모르고

엘리베이터가 빠른 속도로
사람들을 삼키기 시작했지

부고가 날아오는 계절

예기치 못한 부고가
날아다니는 계절

삶의 중심 생각은 어느 쪽일까

머릿속이 멍해지는 순간
심장도 같이 멈춘다
순서가 없다는 것을 알면서도

유리벽 너머의 얼굴은 담담하고
유리벽 앞의 얼굴은
색을 하나씩 지워 나간다

지워진 색과 함께
내려앉은 삶의 중심

부모가 된 것과
부모의 삶을

대신 살아 보는 것은 다르기에

부고 앞에서 의연해질 수 없다

남겨진 기쁨과
슬픔 중 무엇이 더 커야 할까
저울질하는 먹먹함

혼자 남겨진 친구와
삼 남매의 중심이 기우뚱거린다

누군가 나를 땅속으로 잡아당긴다

겨울잠에서 깨어날 때

작지만 멀리 보는 눈을 가지고 있지
느리지만 정도를 걷지

지난밤 무엇을 먹었는지
거짓말을 하지 못하지
노랑을 먹으면 노랑 똥
빨강을 먹으면 빨강 똥

혀에는 일만 개도 넘는 이가
촘촘하게 박혀 있지
그럼에도 이를 함부로 놀리지 않지

잎과 싹을 꼭꼭 씹어 먹는 일
외에는 하지 않지
잘 모르면서
아는 척하지 않지

지나간 자리마다

맑고 끈끈한 자국을 남기지
끈끈한 자국이
앞으로 걸어가게 도와주지

그러다 겨울이 오면 겨울잠을 자지
봄이 오면
스스로 깨어나지 기지개를 켜지

이것저것 잡동사니를 먹는 우리는
늘 거짓말 같은 검은 똥을 싸지

노멀크러시*

비가 내린다
나는 노랑 우산 속에 숨어
꿈을 만든다

크리스마스트리를 밝히고 있는 불빛
함박눈 한 송이
갓 구워져 나온 똑같은 모양의 붕어빵
엔진 아래로만 파고드는 길고양이

새살이 차오르길 기다렸다가
투닥투닥 재료를 모은다

아메리카노 한 스푼
전망대 위 멀리 보이는 섬 한 조각
아슬아슬 커트라인에 걸쳐진 숫자

잡종보다는 오리지널이
눈 밑에 보이는 발끝보다는

멀리 내다볼 수 있는 시선과
남의 것을 욕심내지 못하는
마음과 마음들

같은 판에 구워져
같은 모양을 하고 있는
아무나 같은 우리는

* 소소하고 평범한 일상을 즐기는 젊은 세대를 뜻하는 신조어

해파리꽃

한때 누군가
건드려 주길 기다린 적 있다

한마디 말을 던져 주면
천 마디 말로 돌려줄 거라 생각했다

보이지 않는 선을 그어 놓고
외면한 적 있다

물속 예민한 움직임
팔랑팔랑 길을 놓쳤다

핑크는 시간을 삼킨다
성을 바꾸고 자포의 독을 발사한다

진득진득 영역을 확장하고
텅 빈 울음주머니
에서, 더 이상 눈물이 흐르지 않는다

선인장

우리는 마주 앉지 않았지
옆으로
옆으로만 앉아 대화했지

꾹꾹 눌러쓴 글씨를
해독하지 못하고 오독했지

소심한 하루였지 날마다

텅 빈 자리가 낯설어 몸부림쳤지

낯섦은 푸르게 빛날 것이라 생각했지
다시 올 것이란 기대감이 제로였기 때문에

나란히 앉은 대화는 드문드문 이어졌고
오독한 글자들은 뾰족하게 박혔지

가시 박힌 말들을 하나씩 곱씹었지

레드썬

진공청소기를 돌린다
미세한 먼지 틈 사이
와글와글 맺혀 있는 빛, 방울

예고 없이 발령된
화재경보를 듣는 날처럼
심장이 뛴다

어느 집의 풍경이 다 그러하듯
묻지 않은 소리가
가만히 내려앉는다

기억을 재구성한다

두 개의 심장과
두 개의 눈

구름 뒤에 있는 사과는 하얀빛이었다

달콤하지도 새콤하지도 않았다

나무에 걸린 간지러운 소리들이
늘어진 하품을 할 뿐

청초한 초록은
더 이상 자라나지 못했다

오늘도 발을 헛디뎠다
내일은 직립보행할 수 있을까

4부

다정한 슬픔이 온 날

나비

팔랑팔랑 매일 오전 서류들이 집으로 배달되었다 나
비처럼 날아와 천 톤의 무게로 꽂혔다 글자들만 가득했
다 돈 내놓으라는 사람들의 아우성 귀를 닫아 버리고
싶었다 당신은 돈을 구하기 위해 다단계에 접신했다

당신은 한 평짜리 사무실 소파에서 쪽잠을 잤다 아
이의 수학여행비를 마련하지 못해 전화기를 붙들고 있
었다 간이 썩어 가는 것도 모른 채 뿌연 공기를 약수처
럼 마셨다

한 달에 오백은 벌 수 있다더니 오십도 못 벌었다 단
계, 단계 등급이 하락하고 있었다 골드 스타는 꿈속에서
나 보았다

오십도 못 버는데 팔랑팔랑 오백만 원짜리 고지서가
날아왔다 돌아앉은 시간은 등으로 말했다

봄바람

바람의 끝으로부터
흘러온 꽃잎

절정의 순간은
끝에서 끝으로 이동하는 통로다

절정을 견딘다는 것은
세상의 끝을 향해
홀로 뚜벅뚜벅 걸어가는 것

손마디 한 뼘 사이를 두고
자유로 한가운데 마주친 눈망울

어디로 간 걸까, 짐칸 가득
뜨거운 입김을 몰아쉬던 꽃잎들

쇠창살을 사이에 두고
방향도 가늠하지 못한 채 흔들린다

흔들리는 것들은 멈춤을 모르고
멈추지 못하는 것들은
뒤를 보지 않는다

목적지도 없이

나는 여전히
어중간하게 흘러가는 중이다

하루가 차오르도록

시간을 건너오는 방법

일 년 중, 단 하루
시간을 건너올 수 있는 날

아이들의 키가 얼마만큼 자랐는지
수저와 젓가락의 개수가 늘었는지
책과 책 사이 균열은 없는지
마음을 보태고 가지

자동차를 타고 기차를 타고
때로는
비행기도 타고 오지
바람을 가르며 오지

유리 파편처럼
권리증에 박혀 있는 이름 석 자와
제로와 마이너스의
외로운 줄타기 사이에서도
꿋꿋하게 버티는 날들

연습할 수 없는 인생이
무사한지
가만가만 들여다보고 가지

향불이 무심하게 타오르던 날

그쪽에서 이쪽을 둘러보고 가지

뿌리의 시간

한 뿌리 뚝 떼서 꽂아만 두면
아무 곳에서나 절로 큰다는
그 사람의 말을 의심하지 않았다

예상의 범위를 벗어난 칼랑코에*

물을 주고 햇살을 쬐고
어루만져도
오차의 범위는 쉽게 좁혀지지 않았다

생활의 테두리에서
보기 좋게 비껴갔다

뜨거운 발자국을 견디면
뿌리는 더 단단해진다고 했던가

뿌리에게 준 시간들이
차곡차곡 쌓인다

줄기 끝 아슬아슬
매달린 꽃망울이
바닥을 향해 있다

바닥이 나인 것처럼

* 넓은 잎을 가진 다육식물

연쇄적 사건

모험이 시작되었다
살아 있는 모험

선두에 서서 날렵해져 보려고 하였으나
꼬리로 밀려났다

마지막 카드를 꺼내 들었다

생계를 책임지지 못하는 생계는
다음 생에서도 생계일 수 없기에

우리는 빈 어항 바닥
모래알처럼 아무렇게나 뿌려졌다

출근과 퇴근을 지우고
일상의 얼굴을 지우고
흔적 없이 사라져 간 하루들

가까운 미래가 나의 봄과
너의 봄을
씩씩하게 찾는다면

천천히 물속을
유영해 갔다고 말할 것이다

다정한 슬픔

까만 밤 바람을 불러 모은다
이곳은 낯선 우주

형체를 알 수 없는 바람 속

마음을 채우지 못한 사람들의 소리에 갇혀
오늘도 이야기를 만들지 못했다

거리가 유지되는 소리를 듣지 못했다

불안한 바람이 지나간 자리는
채워지지 않았고

텅 빈 자리에 남은
하얀 울음소리

이별은 또 다른 이별을 데려왔다
채워도 채워지지 않았다

다정한 슬픔이 온 날
그림자는 더 이상 움직이지 않았다

달조차 외면했다

장아찌 담그기

한쪽 면을 나란히 보고 앉은
등의 이력들
오이를 물에 데칠 것인가
소금에 절일 것인가

구불구불한 인생이
얼굴을 맞대고 속삭인다
물을 끓이라고도 하고
소주를 넣으라고도 한다

뾰족뾰족 등에 오른 가시는
살살 달래어 칼등으로 밀어내야 한다

때론 의미 없는 말이
가시가 되어 등에 박히기도 한다
가만히 두면 저 혼자
슬그머니 사라진다

땀에 절여지는 우둘투둘한 시간
팔십사 도의 편백나무 속에서
쪼글쪼글 절여진다

생의 번호를 손목에 차고
등들이 등끼리 속닥인다
물인지 소주인지
데칠 것인지 절일 것인지

가시에 찔린 자국에서
하얀 피가 흐른다

물에 취해 비틀거리는 한낮

상상하지 못한 일들이 일어나듯

다른 집 문 앞에서
열쇠를 돌렸다

어여쁜 것들이 싫은 날

아무렇게나
아무 데서나
뒹군다, 데구 르 르

누군가 구름 뒤에 숨어 이야기한다
달이 가로등에 걸려 있다고

몸의 중심이 흔들리고
어느 날 갑자기
사기음모론의 중심이 되고

봄의 끝은 지났지만
태양은 타오르지 못하고

하늘은 문을 걸어 잠갔다

계절의 끝이 사라졌다

우리의 중심에서
혹은 삶의 모서리에서

늘 상상하지 못한 일들이 일어나듯

바이러스

한 계절이 소리도 없이 사라졌다
지켜야 할 거리를 가까이 두고

처음인 것들이 많아서
하루에 한 가지씩
손에서 놓친다

구피 어항에 거북이 먹이를 주고
일요일 같은 월요일을 보낸다

무사히 하루를 넘겼다는 소심함

거리와 거리를 사이에 둔
어색한 침묵은
균열을 허락하지 않았다

오늘 씨앗을 뿌리고
내일 싹이 나기를 바라는 마음

설렘과 두근거림이 지나간 자리에
빈 봉지만 남았다

계절의 끝
— K에게

흘러내리는 것들을 불러 모았지
헐거운 계절의 끝을 이어 붙였지

눈은 사각사각
흘러넘치는 소리를 내며
그치지 않았지

기차는 소리도 없이
흔적도 없이
지나갔고 나는 남았지

사건 보도 게시판에 올라 있는 이름을
그냥 두기로 했지

자살이라는 두 글자가
진짜로 남을까 두려웠지
그냥 남겨 둘 수밖에 없었지

생활과 시 사이에서 방황했던 너는
그렇게 어딘지도 모르는 곳으로
훌쩍 떠나갔지

제멋대로 흘러간 시간과
제멋대로 떠나간 그림자는
질문을 허락하지 않았지

까만 밤 무대 위에서 들려주던
낭창한 시낭송 한 대목
희미하게 목소리만 남겨 놓았지

너를 어떻게 보내 주어야 할까

이 계절에
나는 아직도 숙제를 하지 못했지

아무 말도 하지 못했다

출생지가 불분명한
일렬로 늘어선 근조 화환
제 무게에 눌려 고개를 들지 못한다

환한 불빛 아래 잿빛 그림자들

돌아가는 술잔은 채워지지 않고
결국 나는
아무 말도 하지 못했다

위로의 말에 서툴기 때문에

가만히 한쪽 날개를 토닥일 뿐

날아갈 수 없는 무게만
가슴 한편 차곡차곡 쌓인다

생활이 지나간 자리에

어렴풋이 남은 자국은 희미했다

당신이 없어도
고구마 줄기는 서로 엮여 자라고
푸성귀는 무성해질 것이다

다른 한쪽 날개가 파드득거렸다

수리수리 코끼리

수리수리, 코끼리가 쓰러졌지
나는 주문을 외우지 마수리

팔을 들 수도 앉을 수도 걸을 수도 없었지
머릿속 터져 버린 대동맥이 기억을 붙잡아 갔지

수리수리, 서른아홉 살 형을
램프에 넣고 주문을 외우지 마수리

램프의 배를 문지르면
삼십육 년 전 형이 주둥이를 타고
코끼리가 되어 흘러나오지

펄럭펄럭 귀를 움직일 수 없지 코끼리는

이 병원 저 병원 옮겨 다니며
십팔 개월이 흘렀지
매일 새벽 여섯 시, 어김없이 주문을 외우지

친구도 돈도 아내도 차례대로 떠나갔지
코끼리는 내 곁에 남아 있지

데굴데굴 굴러다니는 램프와 함께

예고편

이야기를 시작한다

구부러진 이야기와 여러 갈래로 움직이는 마음
우리의 관계는 단정하지 않다

마음의 행간을 읽는 것에
익숙하지 못하므로

늘 그렇듯 돌진하는 여러 갈래의 길은
아름다움과는 상관없고

적정거리는 적절함을 상실한 채
유지되지 못한다

예고편 없는 하루가
자라나는 속도는 점점 빨라지고 있다

세상의 모든 소리를 닫는다

누군가 뒤에서
자주 내 이름을 놓친다

오늘의 체념, 내일의 약속

장은영(문학평론가)

'불운한 메타포'

어느 책의 후기에서 한 시인이 말하기를, 어려운 세월에 부닥칠 때마다 피곤과 권태에 지쳐서 협수룩한 술집이나 기웃거렸다는 것이다. 그는 자신의 노트에 담아 두었던 그런 일들이 후일 시가 된 것이라면 자신의 시는 "너무나 불운한 메타포의 단편"에 지나지 않는다며 자기 시의 소시민성에 대한 반성을 드러냈다. 그리고 바로 이어서 이렇게 썼다. "우리에게 있어서 정말 그리운 건 평화"이며 "우리들의 오늘과 내일을 위하여 시는 과연 얼마만한 믿음과 힘을 돋구어 줄 것인가"[01] 라고.

전쟁의 상처가 아물지 않은 혼돈의 시대를 배경으로 했던 말이지만 여기에는 어느 시대를 배경으로 하건 "불운한 메타포"일 수밖에 없는 시의 운명이 함축

---

01 현대시 9인집 『평화에의 증언』(김규동 외, 삼중당, 1957)에 실린 시인 김수영의 후기(『김수영 전집 2:산문』, 민음사, 2007, 427면에서 재인용).

되어 있다. 만약 더 이상 희망할 것이 없거나 희망을 아예 잃어버린 시대라면 과연 시인은 무엇을 노래할 것인가. "불운한 메타포"는 지금 시인이 무언가를 희망하고 있다는 증거이며, 시인이 지금과 다른 미래를 꿈꾸고 있다는 징후이다. 그러므로 "불운한 메타포"를 노래하는 시인은 현재에는 부재하거나 불가능한 것을 희망하며 미래를 앞당기려는 전위의 심정으로 세계와 마주하는 한편 "오늘도 같은 자리에 앉"(「그럼에도 불구하고」)아 있는 자신의 하루를 참담한 심정으로 돌아보게 마련이다.

   백애송의 첫 시집도 지금, 여기에 닥친 불운에 대한 메타포로 가득하다. 일상의 영역에서 시간을 견디며 살아가는 사람들의 하루를 쏟아진 물처럼 "엎질러진" 것으로 만들어 버리는 "희망고문"(「쟁반」)에 대하여, 자신의 취향과 기호에 따라 만족스럽게 살고 있지 않냐는 강요된 행복과 달리 "같은 판에 구워져/같은 모양을 하고 있는/아무나 같은 우리"(「노멀크러시」)의 암울한 자화상에 대하여 시인은 쓰고 있다. 삶의 불운이 각자의 능력과 무기력함으로 전가된 현실의 부조리를 응시하면서 현실이 우리의 삶에서 몰수한 미래를 되찾고자 한다. 시인의 유일한 무기인 시적 메타포를 들고서.

백애송의 불운한 메타포에 대한 이야기를 시작하기 전에 미리 말해 두고 싶은 것은 현재의 불운을 이야기하는 이 시집에서 미래는 명멸하는 빛처럼 언뜻 빛을 드러낼 뿐이지만 분명히 도래할 시간이라는 점이다. '미래'에 대한 희망이 현재의 불운을 이야기하게 만드는 동력이기 때문이다. 달리 말하면 '미래'는 현재를 돌파하게 하는 힘인 셈이고, 시인은 지금의 불운을 돌파하기 위해 불운한 메타포—현실을 감싼 기존의 질서가 만든 상투적 환유를 전복시키는 시적 환유[02]—를 생산하는 것이 아니겠는가. 언어가 지닌 일상적 의미를 동요시키는 시적 환유의 전복성은 불운을 노래하는 시적 메타포가 지닌 아름다운 힘의 표현이다.

---

02 사전적 맥락에서 환유는 은유의 원리인 유사성과 대비되는 측면에서 인접성을 원리로 삼는 비유로 설명되지만 시 텍스트에서 은유나 환유가 명백히 구분되어 따로 쓰이는 것은 아니다. 권혁웅은 은유의 수평적 체계와 제유의 수직적 체계가 만들어낸 유비 체계의 지평 위에서 환유가 작동한다고 논의한 바 있다. 유비 체계가 작동하는 곳에서 환유적 상상력이 유비의 부산물로 생성되며, 이것이 과거의 선동적 환유를 넘어서서 한 시대나 사회의 언어를 새롭게 만드는 의미 생산의 계기가 될 수 있다고 지적했다(권혁웅, 「현대시와 환유」, 《한국문예비평연구》 vol.55, 한국현대문예비평학회, 2017 참조). 이 글에서도 환유가 새로운 의미 생산의 가능성을 넓히는 시적 메타포라는 맥락에서 백애송 시를 읽고자 했다.

'계급', '생계', '비정규직'이라는 환유들

환유換喩, metonymy는 metá(~넘어, ~이후의)와 ónyma/ónoma(이름)가 합쳐져서 만들어진 그리스어 metōnymía에서 왔다. 한 대상을 명명할 때 인접한 다른 대상의 이름으로 바꿔 부르는 수사법인 환유는 단순한 치환 관계를 넘어서서 한 사회나 특정한 문화권 안에서 축적된 경험적 토대 위에서 작동한다. 유사성에 근거하는 은유가 텍스트 내부에서 의미를 생성하는 것과 달리 환유는 텍스트 외부의 현실 세계를 텍스트로 끌어들이며 의미를 생성한다. 백애송의 시적 메타포에서 환유에 주목하게 되는 이유도 바로 여기에 있다. 일상이라는 경험적 세계를 시적 대상으로 삼는 백애송의 시는 현실과 텍스트의 긴장 관계를 만드는 방법으로 환유를 활용한다. 추상적인 일상어들을 시에 배치하여 삶에 대한 관습적 환유로 읽어내게 함으로써 우리가 정작 마주해야 하는 현실이 무엇인가를 드러낸다. 백애송의 환유는 「샤브티」에서 드러나듯이 한 사회나 공동체의 역사적, 문화적 맥락에 걸쳐있는 억압적인 메타포를 의문에 부치기 위한 시적 방법론이다.

장례 행렬이 지나가는 자리
소리 내어 우는 여인들
시간은 미라로 남아 있다

(중략)

조금씩, 아주 조금씩
죽은 사람의 물기를 빼앗아 가는
사막의 모래

함께 나눈 이야기가 마음을 훔쳐 가고
승리할 수 있다는 믿음을 훔쳐 가고

놀랍지도
놀라울 것도 없는 날들

계급이 지나간 자리에
또 다른 계급이 남았다

죽은 사람은 말이 없고
죽은 사람의 입은 투명하지 못하다

—「샤브티」 부분

샤브티Shabti는 인간의 형태를 본떠 만들어진 부장품을 이르는 말이다. 이 인형에는 죽은 자를 지키거나 수행하는 역할을 해내야 한다는 살아 있는 자들의 믿음이 투영되어 있다. 샤브티 자체가 한 공동체의 문화적 맥락 위에서 이해될 수 있는 환유적 대상인 것이다. 이를 모티프로 삼은 「샤브티」는 초반부에서 사막이 펼쳐진 이국의 장례 풍습을 환기하지만 후반부로 오면 샤브티는 단순한 장례문화의 산물이 아니라 "승리할 수 있다는 믿음을 훔쳐" 간 "계급"을 환기하는 환유물이 된다. 죽은 왕들을 지키는 샤브티는 죽은 자의 위엄과 권력이 살아 있음을 나타내는 역할을 하기 때문이다. 훼손할 수 없는 죽은 왕의 권력, 이것은 한 공동체 안에서 암묵적으로 전승되는 믿음으로서 계급적 질서를 유지하는 결정적 장치인 것이 아닐까. 사람들의 "마음"과 "믿음"을 "훔쳐 가"는 보이지 않는 권력을 환기한다는 점에서 죽음에 관한 풍습을 나타내는 유물 샤브티는 불멸하는 계급적 질서에 대한 욕망과 억압적 권력을 환유하는 말이 된다.

"계급이 지나간 자리에/또 다른 계급이 남았다"라는 진술이 이러한 해석을 뒷받침하는데, 여기서 "계급"은 죽은 왕의 권위를 전제로 유지되는 지배 질서 또는 그 권위가 작동하는 시스템으로서의 사회 체제를 이르는 환유이다. 사람들이 지금과 다른 미래를 꿈꾸거나 아예 미래를 이야기조차 하지 못하게 차단하는 장치인 "계급"은 죽은 왕과 함께 영원히 지속될 것처럼 보인다. 그러나 "계급"이 환유하는 현실은 이 시의 말미에서 분명히 거절된다. "죽은 사람은 말이 없고/죽은 사람의 입은 투명하지 못하다"고 진술함으로써 시인은 샤브티를 둘러싼 믿음이란 살아 있는 자들이 만들어낸 이야기이며, 죽은 자의 전언은 의미의 영역에서 해석되지 않는다는 진실을 들춰낸다. 「샤브티」는 그 진실이 야기할 미래에 관해 이야기하지 않지만 이 시는 예감하게 한다. 시인이 정작 이야기하고 싶은 것은 "계급"이 훔쳐 간 "승리할 수 있다는 믿음"에 관한 것이고 그것은 곧 미래에 관한 이야기라는 것을.

'계급'과 마찬가지로 '생계'나 '비정규직' 같은 체제나 시스템의 현실을 드러내는 단어들을 시어로 가져와 그것을 환유적 맥락에서 사용하는 백애송의 시적 전략은 우리의 미래를 이야기하기 위한 과정으로 보인다. 시인은 오래된 진열품처럼 자세히 들여다보지 않게 되는 단어들을 시 텍스트에 배치함으로써 그것이 환유하는 의미 즉, 일상을 지배하는 현실 세계의 실상을 드러나게 만든다. 이 사회로부터 방치된 죽음

을 떠올리게 하는 「연쇄적 사건」은 '생계'라는 말을
환유적 의미망 안에 배치함으로써 체제의 실체를 가
감 없이 보여 준다.[03]

　　마지막 카드를 꺼내 들었다

　　생계를 책임지지 못하는 생계는
　　다음 생에서도 생계일 수 없기에

　　우리는 빈 어항 바닥
　　모래알처럼 아무렇게나 뿌려졌다

　　출근과 퇴근을 지우고
　　일상의 얼굴을 지우고
　　흔적 없이 사라져 간 하루들
　　　　　　　　　　　　　　　—「연쇄적 사건」 부분

연일 뉴스에서 보도되는 노동자들의 죽음을 떠올

03　이 시를 읽고 나서 시인이 본래 의도했던 제목은 '연쇄적
살인'이 아니었을까 싶었다. 그러나 생각해 보면 '사건'이란 말이
'살인'보다 더 잔인한 말이기도 하다. '사건'은 누군가의 고통이나
죽음을 대상화하여 뉴스거리로 만드는 데 적합한 표현이므로.

리게 만드는 시이다. 비정규직 노동자들이 처한 열악한 노동 환경과 비상식적인 처우가 그들을 죽음으로 내몰고 있는 상황은 공공연한 사실이지만 현실은 좀처럼 변하지 않는다. 마치 예정된 죽음을 방치하는 것처럼. 경제 성장의 선두에 선 대기업들이 자본의 덩치를 키우며 성장하고 있을 때 그 대열의 말단부―대기업의 하청 업체에서 비정규직으로 일하는 노동자 가운데는 출근을 하면 할수록 생계를 책임지는 데 실패하는 자들이 있다는 얘기이다. "생계를 책임지지 못하는 생계는/다음 생에서도 생계일 수 없"다는 진술을 보자. "생계"가 의미하는 바는 처음에는 먹고사는 형편이지만 그다음에는 생계를 위해 노동하는 사람이고 마지막에는 인간다운 삶으로 의미가 치환된다. "생계"는 살림의 형편 정도를 이르는 말이 아니라 오늘의 삶에 대한 책임이자 내일의 삶을 꿈꾸게 만드는 근본 조건이다. 그러므로 생계를 책임질 수 없는 상황에서 강요되는 "마지막 카드"는 죽음일 수밖에 없다. 시인은 이 시를 빌어 "빈 어항 바닥/모래알처럼 아무렇게나 뿌려"진 비정규직 노동자들의 죽음이 사회적 죽음이 아니면 무엇이겠는가를 묻는다.

"출근과 퇴근을 지우고/일상의 얼굴을 지우고"라는 표현은 노동자의 일상이 박탈되는 상황에 대한 환유이다. 한 노동자의 출근 시간과 퇴근 시간이 출퇴근 기록부에서 지워지는 것은 그가 더 이상 노동자가 아니며 연쇄적으로 그의 생계 역시 불가능해졌음을 의미한다. 이 구절이 환유하는 바는 자본 체제의 대열에서 "꼬리"에 있던 '그'가 마침내 이 대열에서 배제되고 그의 일상도 파괴되었다는 것이다. 해고든 자살이든 이 사건의 본질은 극단적으로 위계화된 자본 체제에서 "연쇄적 사건"처럼 발생하고 있는 생계의 파탄은 타살과도 같다는 것이다.

아무렇지 않게 방치되는 사회적 죽음 앞에서 백애송이 시인으로서 보여 주는 입장은 단호하고 분명하다. 시를 쓰는 행위란, '우리'라고 말할 수 있는 공동체 안에서 "우리는 세상에 왔다 간 비정규직"(「돌의 기운을 누르고」)임을 기억하면서 우리의 위태로운 생계를 이야기하는 일이라는 것. "돌의 기운과 뿌리의 기운들이 모여" 우리의 이야기를 "꾹꾹 눌러 밟"지만 누군가의 자살이라는 "오해"가 사회적 죽음으로 "이해"될 수 있도록 죽은 단어들의 의미를 다시 살려내는 일이라는 것.

말할 수 없는 미래

시를 쓰는 행위에 대한 시인의 입장은 분명하지만 정작 이 시집을 감싸고 있는 것은 위태로운 삶의 풍경과 체념의 정서이다. 백애송의 시적 메타포가 텍스트 외부의 사회적, 문화적 맥락을 텍스트로 끌어들이는 환유에 비중을 두기 때문에 과거의 저항시나 참여시처럼 시적 화자가 현실의 질서와 대결하는 자의 결연한 포즈를 보여 주어야 한다고 기대하게 될지도 모르지만 오히려 백애송의 시는 현재의 불운 앞에서 한숨처럼 새어나오는 체념의 정서를 환기한다. 이제 이 체념의 의미를 묻기로 하자.

결론을 앞당겨 말하면 백애송 시인이 위태로운 일상에 대한 체념을 놓치지 않는 이유는 앞에서 말한 "불운한 메타포"의 역설 때문이다. 김수영에게는 전후의 혼란과 억압과 폭력적 상황이 미래의 평화를 꿈꾸게 했듯이 백애송에게는 오늘의 체념이 오늘과 다른 미래를 꿈꾸게 하는 동력이다. 지금 우리는 "목적지도 없이" "어중간하게 흘러가"(「봄바람」)거나 "어느 것이 더 잘 사는 것인지/확신이 서지 않"(「눈물의 이동경로」)는 하루를 보내고 있지만, 우리 앞에 놓인 이 불운을 경유하지 않고서는 오늘과 다른 미래를 꿈꿀 수 없고, "체념과 또 다른 체념을/몸에 익히"(「어떤 페이지」)지 않고서는 함부로 미래를 기대하거나 말할 수 없기 때문이다. 시인은 미래를 말하기 전에 우리에게 닥친 오늘의 불운에 직면하는 시간이 필요하다고 역설한다.

　미래에 관해 확신할 수 있는 것은 없지만 분명한 건 미래는 누군가에 의해 예정된 시간이 아니거니와 계획된 삶의 모습은 더더욱 아니라는 점이다. 그런 점에서 백애송 시인에게 미래는 상징적 의미의 체계로부터 달아나는 시의 언어와 겹쳐지는 시간이다. 시의 언어를 인식하는 태도는 곧 미래를 대하는 태도와 다르지 않다. 시의 언어가 지닌 불확정성과 가능성을 나타내는 시 「신호의 영역」을 보자. 이 시에서 "신호의 영역"이란 기표들이 질서에 따라 움직이는 언어적 상징체계에 대한 메타포이다. 화자인 '나'는 신호를 지키거나 지키지 못하는 순응이나 저항의 방식 대신 "무시"하는 방식을 취함으로써 신호의 영역에 수렴되지 않고 "위태로운 영역"을 생성한다. 기존의 저항시나 참여시가 지배질서에 대한 대립과 저항의 태도를 구사했다면 그와 달리 이 시는 "신호의 영역" 안에서의 저항이 결국은 이 질서에 수렴되는 과정임을 간파하고, 순응이나 저항으로 규정할 수 없는 비표상적 태도를 취함으로써 이 체

제를 위태롭게 만든다. 시는, 기존의 의미 체제를 동요
시키는 "상상하지 못한 일들"(「상상하지 못한 일들이
일어나듯」)이어야 한다는 시인의 바람처럼 "위태로운
영역"(「신호의 영역」)이 확장될 때 "신호는 전복되"고
단어들은 새로운 방식으로 결합하기 시작한다("뒤집
힌 글자들은/난해한 글자들과/손을 잡았다").

> 하지 말았어야 할 이야기는
> 에너지가 발휘되지 못했다
>
> 깜박이는 빨강 앞에서
> 더 빨강을 기다렸다
>
> —「신호의 영역」 부분

신호가 전복된 곳에서 이야기는 힘을 잃기 마련이
다. 기표들이 자유롭게 헤엄치고 있으므로 텍스트의
의미는 점멸하는 등처럼 불확정적일 수밖에 없다. 시
는 언제나 소통 불가능성을 내포한 이야기이고, 시인
은 그 불가능성 앞에서 언어의 불투명성을 순순히 인
정한다. 예컨대 「통역관이 필요합니다」에서 나타나듯
이 단어와 단어 사이의 심연 앞에서 무력해지는 것이
다. "쎄라비와 샐러드의 사이를 가늠하다 우울에 빠"

지고 "심심한 집이 싱싱한 집으로 불리는 순간 입안에서 초록이 싹트기 시작"하듯이 시는 상상할 수 없었던 영역으로 시인을 데려다 놓기 때문이다.

> 하지만 내 생각보다 훨씬 빠른 것이 있습니다 바닷물이 들어오는 속도입니다 바닷물의 말은 조절할 수 없습니다 나는 그들이 바다 위에 뿌려 놓은 거품 같은 언어를 따라갈 수 없습니다
>
> —「통역관이 필요합니다」부분

백애송에게 시의 언어는 밀려들고 빠져나가는 "바닷물"처럼 상징적 체계나 질서의 영역에 가둘 수 없는 운동이자 물질이다. 그런 언어로 만드는 시는 쓸 때마다, 읽을 때마다 의미가 달라지는 미래의 텍스트로서의 이야기이다. 시적 언어의 불투명성이 중요한 이유는 이 불투명성이 시인이 상상하는 미래에 관한 단서이기 때문이다.

사실 '미래'는 이 시집에서 단 한 번 언급될(「연쇄적 사건」) 뿐이지만 시인이 미래를 희망하지 않았다면, "생활이 지나간 자리에"(「아무 말도 하지 못했다」) 남은 "날아갈 수 없는 무게"에 눌려 오늘을 간신히 지탱하는 '당신'들에 대하여, 그런 '당신'들의 일상을 채

워 버린 체념에 대하여 굳이 이야기하지도 않았을 것이다. 한 달 수입을 훌쩍 넘는 고지서의 무게(「나비」)가 '당신'의 생계를 질식시키는 오늘을 기억하는 시인은, 오늘의 체념을 미래로 가기 위한 징검다리로 삼는다. 불투명한 언어로 쓴 시가 현실의 질서로부터 자유로운 세계를 상상하게 하듯이 오늘의 체념을 기억하는 이유는 오늘과 다른 내일을 희망하기 위해서이다. 백애송 시인이 오늘의 체념을 기억하는 것은 아름다운 내일을 희망하기 때문이다.

생계를 위해 마지막 카드를 꺼내야 했던 '당신'을 향해 시인은 다음에 다시 만나자는 약속을 건넨다. 한 번도 가 본 적 없는 "아름다운 곳"에서 만나자는 이 약속은 "우리"가 도착한 적 없는 미래가 저 앞에 있다는 믿음을 잃지 않을 때, 비로소 지켜질 것이다.

  다음에는 더 아름다운 곳에서
  오늘처럼 예고 없이 만나자고요

  우리는 어디까지
  아름다울 수 있을까요
                    —「아름다울 수 있을까요」 부분

우리는 어쩌다 어딘가에서 마주치더라도

2021년 1월 15일 1판 1쇄 펴냄

지은이   백애송

펴낸이   김성규

책임편집   김은경 미순 조혜주

디자인   김동선

펴낸곳   걷는사람

주소   서울 마포구 월드컵로16길 51 서교자이빌 304호

전화   02 323 2602

팩스   02 323 2603

등록   2016년 11월 18일 제25100-2016-000083호

ISBN 979-11-91262-13-1 04810

ISBN 979-11-89128-01-2 (세트)

* 이 책은 광주광역시 GWANGJU CITY 광주문화재단 Gwangju Cultural Foundation의 2020년도 청년예술인창작지원사업으로 지원
  받아 발간되었습니다.
* 이 책 내용의 전부 또는 일부를 재사용하려면 반드시 지은이와 출판사의 동의를
  얻어야 합니다.
* 잘못된 책은 교환해 드립니다.